ARION,

TRAGEDIE

REPRESENTÉE POUR LA PREMIERE FOIS
PAR L'ACADÉMIE ROYALE
DE MUSIQUE,

Le Mardy dixiéme Avril 1714.

Le prix est de trente sols.

A PARIS,

Chez PIERRE RIBOU, Quai des Augustins, à la descente
du Pont-Neuf, à l'Image Saint Loüis.

M. DCC. XIV.

Avec Approbation, & Privilege du Roy.

AVERTISSEMENT.

LE sujet de cette Tragedie est très-simple : Arion est assez celebre dans l'Antiquité fabuleuse ; on sçait qu'elle accordoit aux talens qui le distinguoient, la gloire que meritent dans tous les tems les Vertus des Rois & des Héros ; elle a même été plus loin ; de l'estime elle a passé à l'adoration, & Apollon n'a été redevable qu'à sa Lyre, des Autels qu'on lui a dressez.

La naissance d'Arion est fort incertaine. Les uns le disent fils de Neptune & de la Nymphe Autoloé ; les autres fils d'Apollon ; c'est tout ce que la Mithologie nous en apprend. Le péril qu'il courut sur Mer , & la maniere dont il en fut préservé , ont apparemment fait naître la premiere opinion : les Talens qu'il possedoit ont produit la seconde. Periandre Roi de Corinthe reçut à sa Cour ce fameux Etranger, & l'accabla de bienfaits. Tous les autres Personnages de cette Piece sont épisodiques ; c'est au Public à juger s'ils étoient necessaires.

PERSONNAGES

PERSONNAGES

DU PROLOGUE

VENUS, ... Mlle Antier.
LA VICTOIRE. . . . . Mlle Poussin.
UN GUERRIER. . . . . M. Bourgeois.

Les Graces.

Noms des Actrices & des Acteurs, chantans dans tous les Chœurs du Prologue, & de la Tragedie.

SECOND RANG.   PREMIER RANG.

MESDEMOISELLES,

Limbourg.	Pasquier.	Basset.	Tetlet.
Guillet.	Mesnier.	De Kerkof.	Menez.
La Roche.	Du Laurié.	Deboizé.	Billon.

MESSIEURS,

Paris.	Flamand.	Deshayes.	Gervais.
Thomas.	Alexandre.	Lebel.	Duplessis.
Courteil.	Le Jeune.	Morand.	Le Comte.
Corby.	Le Mire L.	La Rosiere.	Desjardins.

DIVERTISSEMENT
du Prologue.

LES GRACES.

Mesdemoiselles Lemaire, Mangot, Duval.

AMANS CONTANS.

Messieurs F-Dumoulin, D-Dumoulin. Dangeville-L.
Mademoiselle Guyot.
Mesdemoiselles Menés, Isec, Haren, la Feriere.

PROLOGUE.

Le Theatre represente l'Isle de Cythere ; les Amours oisifs pendant la Guerre sont endormis aux pieds des Amantes qui sont couchées sur des lits de gazon : l'absence de leurs Amans leur cause une tendre rêverie exprimée par leurs attitudes.

VENUS.

Tandis que Mars trouble la Terre & l'Onde,
   Charmant sommeil vous regnez à Paphos.
Dormez, Amours, dormez, on vous bannit du monde,
Vous êtes sans emploi : joüissez en repos
   Des douceurs d'une Paix profonde.

Une lumiere brillante remplit les airs qui retentissent du son des trompettes.

b ij

PROLOGUE.

Quels concerts éclatants ! c'est la Victoire ; ô Dieux
Que vient-elle chercher dans ces paisibles lieux ?

La Victoire descend dans son Char au bruit des Trompettes.

LA VICTOIRE.

D'où vient donc que Paphos au sommeil s'abandonne
Il néglige sa gloire, il ne tente plus rien ;
La douce Paix éteint le flambeau de Bellone,
C'est à l'Amour à rallumer le sien.

VENUS.

Amours, éveillez-vous, songez à votre gloire.
Réparez les momens que vous avez perdus ;
Les cœurs qui contre Mars disputoient la Victoire,
A des efforts plus doux seront bien-tôt rendus.
Amours, éveillez-vous, songez à votre gloire.

Partez, Amours, partez, volez, lancez vos traits,
Ce beau jour vous promet cent conquêtes nouvelles

Les Amours obéissent au commandement de Venus,
& s'envolent de toutes parts.

Et vous Guerriers que ramene la Paix,
Venez trouver ici vos Amantes fidelles,
Quel retour ! quel doux instans
Si vous revenez constans !

Les Guerriers, desarmez par la Paix viennent retrouver leur
Amantes, & expriment leur joye par des danses tendres.

LA VICTOIRE.

Guerriers signalez-vous
Par des exploits plus doux.

PROLOGUE.

Dans les Combats & dans les Fêtes,
Brillez également, brillez Vainqueurs heureux,
Mars n'exige plus rien de vos cœurs genereux,
Et l'Amour aujourd'hui vous offre des conquêtes.
Guerriers signalez-vous
Par des exploits plus doux.

UN GUERRIER.

Mars ne nous fait plus la Guerre,
Hâtez-vous, partez Amour;
Allez soumettre la Terre
Et combattre à votre tour.
Vous triomphez sans allarmes,
Vous ne restez jamais sans armes,
Mille objets remplis de charmes
Vous en prêtent chaque jour.

CHOEUR.

Que l'aimable Paix
Regne à jamais.
Rappellons la mémoire
De nos heureux jours,
Aimons toujours:
Reprenez votre gloire,
Triomphez charmans Amours.

Fin du Prologue.

PERSONNAGES DANSANS
de la Tragedie.

ACTE PREMIER.
BERGERS & BERGERES.

Meſſieurs P-Dumoulin, Dangeville-L. Dangeville-C.
Guyot, Rameau & Duval.
Meſdemoiſelles Prevoſt, & Guyot.
Meſdemoiſelles Haran, Iſecq, Mangot, Rameau, Duval
& Corbiere.

ACTE II.
PLAISIRS & JEUX.

Monſieur Dumoulin-L. Mademoiſelle Menés.
Meſſieurs Germain, Ferrand, Marcel-L. Gaudrau,
Javilliers, & Pierret.
Meſdemoiſelles Lemaire, Leroi, Dimanche, Duval,
Mangot, Rameau.

ACTE III.
LES VENTS.

Monſieur, Blondy.
Meſſieurs Germain, Dumoulin-L. Marcel-L. Gaudrau,
Javilliers, Pierret, Ramau, Marcel-C.

ACTE IV.
DIVINITEZ DE LA MER.

Messieurs Ferrand, Blondy, Marcel-L.
NEREIDES.
Mademoiselle Prevost.
Mesdemoiselles Lemaire, Leroy, Ramau.
MATELOTS.
Monsieur F-Dumoulin.
Messieurs P-Dumoulin, D-Dumoulin, Dangeville-L.
Mesdemoiselles Menés, Isec, Haran.

ACTE V.
PEUPLES.

Monsieur D-Dumoulin,
Messieurs Marcel-L. Gaudrau, Javilliers, Pierret.
Mesdemoiselles Lemaire, Leroy mangot, Duval.

ACTEURS

DE LA TRAGEDIE.

PERIANDRE, *Roi de Corinthe,*   M. Hardoüin.

PIRENE, *fille de Periandre,*   Mlle Journet.

ORPHISE, *Princesse alliée à Periandre,*   Mlle Huzé.

EURILAS, *Prince descendant d'Eole Dieu des Vents,*
& allié à Periandre,   M. Thevenard.

ARION, *illustre inconnu.*   M. Cochereau.

AGLANTE, *Confidente d'Irene,*   Mlle Aubert.

PALEMON, *Confident d'Arion,*   M. Lemire.

Une Bergere,   Mlle Antier.

L'Amour,   Mlle Minier.

Graces,   Mlles Poussin, Antier & Pasquier.

Borée,   M. Dun.

Une Syrene,   Mlle Antier.

Corinthiens & Corinthiennes.

La Scene est à Corinthe, & sur les Rivages de la Mer.

ARION.

ARION,
TRAGEDIE.

ACTE PREMIER.

Le Théatre represente un Bocage consacré à l'Amour, &
préparé pour recevoir le Roy de Corinthe & les Prin-
cesses de sa Cour.

SCENE PREMIERE.

ARION, PALEMON.

PALEMON.

ARION, vous rêvez dans ce charmant séjour ?
Vous croyez y trouver un destin plus tran-
    quile ;
Periandre n'a pû vous fixer dans sa Cour,
Les bienfaits d'un grand Roy, redoublez chaque jour,
Devoient vous retenir dans cet heureux azile.

A

                   ARION,

Pourquoy le fuïr? pourquoy vous cacher dans ces
     lieux?
N'êtes-vous pas content? vous avez en partage
Les talens qu'Apollon fait briller dans les Cieux,
    Et qui l'ont mis au rang des Dieux:
On vous égale à lui par un pareil hommage.

Vous soupirez! quel trouble interrompt vos plaisirs?
Oubliez-vous les jeux qu'à l'Amour on apprête?

     A R I O N.
   Puis-je mieux celebrer sa fête
   Que par de fidelles soupirs?

C'est pour chanter le Dieu qui regne dans mon ame
Que j'assemble aujourd'hui les Bergers d'alentour;
Je n'ose offrir mes vœux à l'objet qui m'enflâme,
    Je veux du moins les offrir à l'Amour.

     P A L E M O N.
Qu'entens-je? quoy l'Amour dans ces bois vous a-
    mene?
   Qu'y cherchez-vous?

     A R I O N.
          Je fuis Irene.

     P A L E M O N.
Dieux! qu'allez-vous me déclarer?
Vous aimez la Princesse!

     A R I O N.
     Oüi, j'ose l'adorer.

De ſes divins appas j'éprouvois la puiſſance,
Tandis qu'elle daignoit applaudir à mes chants :
Elle ignoroit que ſa préſence
Les rendoit encor plus touchans.

PALEMON.

Eh ! que prétendez-vous en ſoupirant pour elle ?

ARION.

Je ne prétens que ſoupirer.

PALEMON.

O Ciel ! à quels malheurs oſez-vous vous livrer !
Quels dangers vous prépare une flâme cruelle !

ARION.

Etranger, inconnu dans ce fatal ſéjour
Je dois toujours cacher mon obſcure naiſſance ;
La fortune ainſi que l'Amour
Me défend l'eſperance.

PALEMON,

Souvenez-vous que bien-tôt Eurilas
Doit obtenir le Trône & la Princeſſe :
Songez à l'amitié qui pour vous l'intereſſe,
Craignez de l'offenſer . . . .

ARION,

ARION.

Hélas!

PALEMON.

Songez au rang d'Irene....

ARION.

Ah! songe à ses appas,
S'ils ont causé mon crime, ils l'excusent sans cesse.

PALEMON.

Contraignez vos soupirs, j'apperçois Eurilas.

SCENE II.

EURILAS, ARION.

ARION.

SEigneur, quoi nos musettes,
Peuvent vous attirer dans ces simples retraittes?

EURILAS.

Le Roy dans ces beaux lieux doit amener sa Cour,
Je l'attendois sous ces ombrages.

ARION.

Vous venez celebrer le Dieu de ce séjour,
Hélas! quel encens! quels hommages
Ne devez-vous point à l'Amour?

Vous allez posseder la Princesse & l'Empire,
D'où vient que votre cœur soupire!

EURILAS.

Un destin est-il doux pour être glorieux?
Je compte Éole au rang de mes ayeux.
Ce Dieu me confiant sa suprême puissance,
A cent fois sur ces bords avoüé ma naissance;
J'ai banny l'Aquilon de ces heureux climats,
Je n'y laisse regner que les Zéphirs paisibles;

A iij

Mais en vain je commande aux vents les plus terribles
Si mon cœur ne m'obéit pas.

ARION.

N'aimez-vous plus Irene..... Ah ! ce soupçon l'ou-
trage,
Un cœur qu'elle a charmé ne peut être volage,
Non, quand on voit Irene......

EURILAS.

Hélas !
Ne vois-tu dans ces lieux briller que ses appas !

Quand j'ignorois le prix d'une flâme sincere,
Irene & la Couronne avoient droit de me plaire,
Orphise n'ornoit pas encore cette Cour ;
Le séjour seul de sa naissance,
De ses jeunes attraits connoissoit la puissance,
Ces armes manquoient à l'Amour.

ARION.

Qu'un tendre Amant éprouve une cruelle peine
Quand l'Hymen s'oppose à ses vœux !

EURILAS.

Je ne puis m'en défendre, il faut porter sa chaîne,
Mais bien-tôt le trépas en brisera les nœuds.

ARION.

Qu'Orphise versera de larmes !

EURILAS.

Apprens tous les malheurs d'un déplorable Amant.

Le cher objet à qui je rends les armes
Ne connoît pas encor l'excés de mon tourment ;
Je n'ose à ses beaux yeux exprimer mes allarmes :
Ah ! lorsque je les vois , mon trouble seulement
Leur parle dans ce doux moment
De mon amour & de leurs charmes.

ARION ET EURILAS.

Qu'un amour qui n'ose parler
Eprouve des peines cruelles !
Qu'il en coute aux cœurs fidelles
Quand il faut dissimuler !

ARION.

Le Roy vient : déguisez le feu qui vous dévore.

EURILAS.

Orphise qui paroît va l'augmenter encore.

SCENE III.

PERIANDRE, IRENE, ORPHISE,
EURILAS, ARION, AGLANTE,
Suite du Roy.

PERIANDRE

ILLuſtre favori des Dieux,
La douceur de vos chants dans ces bois nous attire.
A vos accords mélodieux
On reconnoît qu'Apollon vous inſpire.

*Le Roi ſe place ſur un Trône au fonds du Theatre, & toute
ſa Cour s'arrange prés de lui ſur des ſiéges de gazons.*

ARION.

Venez, heureux Bergers, venez dans ce Bocage,
Accourez, celebrez
L'Amour qui vous engage ;
Préſentez-lui pour votre hommage
Des chants par lui-même inſpirez.

SCENE IV.

SCENE IV.

LES *mêmes* ACTEURS, TROUPE *de Bergers,*
Bergères & Paſtres.

CHOEUR.

CHantons, danſons, accordons nos muſettes,
L'Amour vient dans nos retraites :
Chantons, danſons, exprimons les douceurs
Qu'il verſe dans nos cœurs.

UNE BERGERE.

Dans ces lieux charmans
Le Dieu de Cythere,
Ne donne aux Amans
Que d'heureux momens.

CHOEUR.

Dans ces lieux charmans
Le Dieu de Cythere,
Ne donne aux Amans
Que d'heureux momens.

LA BERGERE.

Lorſqu'on ſçait aimer, on ſçait plaire,

B

Jamais les grandeurs
N'ont séduit nos cœurs;
Lorsqu'on sçait aimer, on sçait plaire,
Et notre bonheur
Augmente notre ardeur.

CHOEUR.

Lorsqu'on sçait aimer, on sçait plaire,
Jamais les grandeurs
N'ont séduit nos cœurs;
Lorsqu'on sçait aimer, on sçait plaire,
Et notre bonheur
Augmente notre ardeur.

II. BERGERE.

Bergers heureux
Suivez l'Amour, qui vous éclaire,
Ici les Ris, les Jeux,
Tout sert nos vœux;
Le doux Printemps
Commence & finit tous nos ans,
L'Amour quitte sa mere,
Pour voir nos champs.
Chantons mille fois,
Celebrons le Dieu qui fait nos choix,
Il est moins à Cythere
Que dans nos bois.

PERIANDRE *à Arion.*

Venez, venez charmer un plus noble séjour,
Arion, suivez-moi, c'est enfin dans ce jour
Que je veux d'Eurilas couronner la tendresse,
Celebrez avec nous l'Hymen de la Princesse,
Et redoublez les plaisirs de ma Cour.

ARION *à part.*

Quel coup fatal, helas !

SCENE V.

ORPHISE *seule.*

Ciel ! Arion foupire !
Et l'Hymen d'Eurilas vient de troubler fon cœur !
Dans fes yeux inquiets je n'ai que trop fçu lire,
Et fa tendreffe & fa douleur.

Il aime Irene, ô Dieux ! … que m'importe qu'il aime !
D'où vient que feule, helas ! j'apperçoi fon ardeur ?
D'où vient qu'en ce moment je foupire moi-même ?

Amour, cruel Amour, par quels funeftes coups
Commence-tu mon efclavage ?
Faut-il que pour premier hommage
Je t'offre des foupirs jaloux ?

D'où vient que contre moi ta rigueur fe déclare ?
Je n'ai pû t'offenfer, j'ignore encor tes loix :
Faut-il qu'en te nommant pour la premiere fois
Je t'appelle injufte & barbare ?

Amour, cruel Amour, par quels funeftes coups
Commence-tu mon efclavage ?
Faut-il que pour premier hommage
Je t'offre des foupirs jaloux ?

Fin du premier Acte.

ACTE · SECOND.

Le Théâtre represente le Temple de l'Hymen.

SCENE PREMIERE.

ARION, PALEMON.

PALEMON.

OU courez-vous, ô Dieux! quel transport vous
anime,
C'est ici de l'Hymen le Temple respecté.

ARION.

Je viens à ses Autels offrir une victime
Qui flattera sa cruauté.

PALEMON.

Evitez la Princesse, ô Ciel! qu'allez-vous faire?

ARION.

Il faut perdre le jour, je ne puis plus me taire….
Que dis-je ? j'oferois me punir dans ces lieux ;
J'offenferois encore
La beauté que j'adore ?
Si je la vangeois à fes yeux.

PALEMON.

Vous n'écoutiez pas l'efperance,
N'écoutez pas le defefpoir :
Un malheur qu'on a fçû prévoir
Doit-il ébranler la conftance ?

ARION.

Quand je voyois de loin ce funefte malheur
Il me paroiffoit moins terrible ;
Un cœur ne fçait jamais combien il eft fenfible
Que lorfqu'il perd l'objet de fon ardeur.

PALEMON.

Des Vaiffeaux étrangers vont quitter le rivage
Ne différez pas davantage,
Abandonnez un dangereux féjour.

ARION.

Hélas ! l'Hymen barbare
Va difpofer d'un bien qui n'eft dû qu'à l'Amour.

PALEMON.

Fuyez, n'attendez pas les coups qu'il vous prépare.

ARION *voyant Irene.*

Palemon, peut-on fuir les charmes que tu vois?

PALEMON.

Suivez-moi, profitez du moment qui vous reste.

ARION.

Va, laisse-moi joüir de la douceur funeste
De lui parler pour la derniere fois.
Où suis-je? où vais-je! ô Dieux! fuyons.

SCENE II.

ARION, IRENE, AGLANTE.

IRENE.

Quel soin vous presse ?
Demeurez, Arion, pourquoy nous fuyez-vous ?

ARION.

Je crains d'amener la tristesse
Dans des lieux consacrez aux plaisirs les plus doux.

IRENE.

Sans cesse vous chantez, & l'Amour & ses armes,
    D'un trait fatal a-t-il pû vous blesser ?
    Il doit mieux vous recompenser
Du soin que vous prenez de celebrer ses charmes.

ARION.

Eh ! qu'importe à l'Amour que je cede à ses traits ?
Je cacherois toujours mes fers & sa victoire,
Des soupirs étouffez, des hommages secrets
    Sont inutiles pour sa gloire.

IRENE.

Les Dieux devroient rougir de vous voir malheureux.
Un illustre mortel doit tout attendre d'eux.

                                ARION.

ARION.

Accablé de ma peine, ah ! loin de rien attendre
De la Divinité qui pourroit m'en défendre,
    Je ne dois pas seulement l'implorer.

IRENE.

Quel est votre destin ?

ARION.

       Si j'ose vous l'apprendre
Vous voudrez encor l'ignorer.

IRENE.

Que craignez-vous ? expliquez vos allarmes . . .

ARION.

Je pars, je suis coupable & je vais me punir.

IRENE.

Que vois-je ? vous versez des larmes ?

ARION.

Ne pénétrez-vous pas ce qui peut me bannir
    Dés lieux où triomphent vos charmes ?

Mais ; ô Ciel ! je m'égare . . . ah ! daignez m'écouter. . . .

IRENE.

Arion, quel transport faites-vous éclater ?

A R I O N.

Princesse, terminez mon destin déplorable;
Punissez-moi d'un crime inévitable.

I R E N E.

Ah ! ç'en est trop, partez.

A R I O N.

                    Il faut remplir vos vœux,
Votre mépris est juste autant que rigoureux,
J'entens sa loi suprême, & je sçaurai la suivre...
Ciel ! devois-je parler ? je vais cesser de vivre
      Plus coupable & plus malheureux.

SCENE III.

IRENE, AGLANTE.

IRENE.

IL part! il va mourir, je l'ordonne, & je l'aime...
Quel suplice est égal à ma douleur extrême ?
A l'objet de ma flâme, on me livre en ce jour,
Je perds l'aimable objet de l'ardeur qui m'anime,
Serai-je à la fois la victime
Et de l'Hymen & de l'Amour ?

AGLANTE.

Souvenez-vous, belle Princesse,
Que les Rois seuls ont droit de vous charmer.
Oubliez Arion, est-ce à vous de l'aimer ?
Mérite-t-il votre tendresse ?

IRENE.

Ah ! l'on mérite un cœur dés qu'on sçait l'enflâmer.

AGLANTE.

Il faut qu'à son devoir un cœur se sacrifie,
Quand il est né pour la grandeur.

IRENE.

Dois-tu condamner mon ardeur,
Quand l'Univers la justifie ?
Arion sçait tout enchanter,
De ses divins accords le pouvoir est extrême ;
Les ruisseaux, les forêts, les fleurs, les rochers même
Tout s'anime pour l'écouter,
Et tu veux que mon cœur puisse lui resister.

AGLANTE.

Songez.....

IRENE.

N'offense pas le Vainqueur qui m'enchante
Par des reproches superflus ;
Va chercher Arion, dis lui, ma chere Aglante,
Qu'il vive... & qu'à mes yeux il ne paroisse plus...
Va, cours, répons aux vœux de mon ame asservie,
Peut-être ma fierté m'a ravi des momens
Que je devois au soin de conserver la vie
Au plus aimable des Amans.

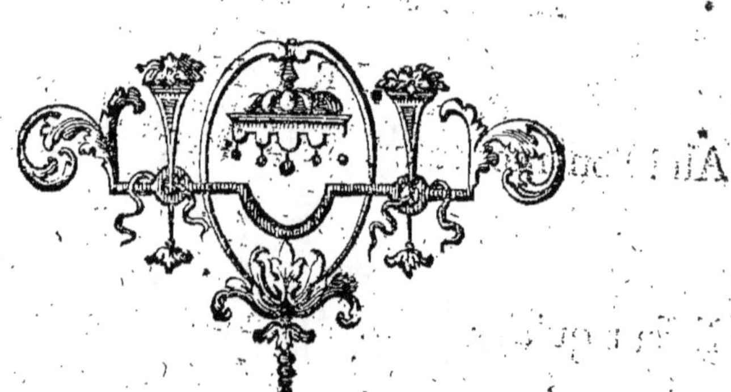

SCENE IV.

IRENE *seule*.

Amour, viens défendre ta gloire,
Viens au barbare Hymen disputer la victoire,
Il condamne ton choix, viens t'opposer au sien ;

C'est à toi de calmer la rigueur de mes peines,
Il faudra que mon cœur brise aujourd'huy tes
chaînes,
Si ce Tyran m'impose un funeste lien.

Amour, viens défendre ta gloire,
Viens au barbare Hymen disputer la victoire,
Il condamne ton choix, viens t'opposer au sien.

SCENE V.

PERIANDRE & *sa suite*, SACRIFICATEURS
de l'Hymen, IRENE.

PERIANDRE.

EUrilas va bien-tôt paroître dans ces lieux;
Au Temple de Venus il offre son hommage;
　　　Vous par des chants harmonieux
Celebrez le bonheur que ce jour nous présage.
Quel spectacle nouveau vient frapper mes regards!
Que d'Amours dans les airs volent de toutes parts!

Les Amours volent & s'emparent du Temple de l'Hymen;
les Graces & les Plaisirs viennent annoncer le Dieu
de Cythere.

UNE GRACE.

Le Fils de Venus va descendre
Occupez ce séjour, Graces, Plaisirs & Jeux,
　　C'est avec vous qu'on doit toujours l'attendre.

PERIANDRE *à Irene.*

Au Temple de l'Hymen l'Amour va-t-il se rendre
　　　Pour l'aider à former vos nœuds?
Que des honneurs si doux ont droit de nous sur-
　　prendre!

UNE GRACE.

Regnez Amours, regnez, aimables immortels,
Recevez dans ce Temple un hommage sincere,
Montrez que les Dieux de Cythere
Sont maîtres de tous les Autels.

Les Amours chassent les Sacrificateurs de l'Hymen.

UNE GRACE.

L'Amour va paroître,
Quel bonheur charmant !
Que de feux vont naître
Dans ce doux moment !

CHOEUR.

L'Amour va paroître,
Quel bonheur charmant !
Que de feux vont naître
Dans ce doux moment !

LA GRACE.

Il ne faut pour lui plaire,
Qu'une ardeur sincere ;
Il ne faut pour lui plaire,
Qu'aimer seulement.

CHOEUR.

L'Amour va paroître,
Quel bonheur charmant !
Que de feux vont naître
Dans ce doux moment !

LA GRACE.

Ne craignez jamais les loix de votre maître,
Tendres cœurs esperez, l'Amour même est Amant.

CHOEUR.

L'Amour va paroître,
Quel bonheur charmant!
Que de feux vont naître
Dans ce doux moment!

II. GRACES.

Amour, viens sans armes
Etablir tes loix;
Compte sur tes charmes,
Laisse ton carquois.

CHOEUR.

Amour, viens sans armes
Etablir tes loix;
Compte sur tes charmes
Laisse ton carquois.

LES DEUX GRACES.

Répans dans nos ames
Tes douces faveurs;
D'immortelles flâmes
Viens brûler nos cœurs.

CHOEUR.

Amour, viens sans armes
Etablir tes loix;

Compte

Compte sur tes charmes,
Laisse ton carquois.

LES II. GRACES.

Soumets toute la terre
Par tes doux appas:
Qui te livre la Guerre
Ne te connoît pas.

CHOEUR.

Amour, viens sans armes
Etablir tes loix,
Compte sur tes charmes,
Laisse ton carquois.

UNE GRACE.

Chantons le Dieu qui nous engage,
Ne l'oublions pas un seul jour;
Qu'il est doux de lui rendre hommage!
Qui sçait bien aimer, regne dans sa Cour;
Il n'a rien qu'il ne nous partage,
Les tendres Amans sont égaux à l'Amour.

L'Amour qui paroît dans son Char, interrompt le Divertissement.

PERIANDRE.

L'amour paroît; écoutons; sa présence
Lui répond sûrement de notre obéissance.

L'A M O U R *dans son Char.*

Ecoutez-moi, Roi de ces lieux,
Bien-tôt le fils d'un Dieu doit paroître à vos yeux,
Il faut que sur ces bords Irene le couronne ;
Souvenez-vous que le Dieu qui l'ordonne,
Commande à tous les autres Dieux.

L'Amour & sa Suite remontent dans les Cieux.

PERIANDRE.

Obéissons aux Loix qu'un Dieu vient nous prescrire,
Le Ciel dont je le tiens, peut donner mon Empire.

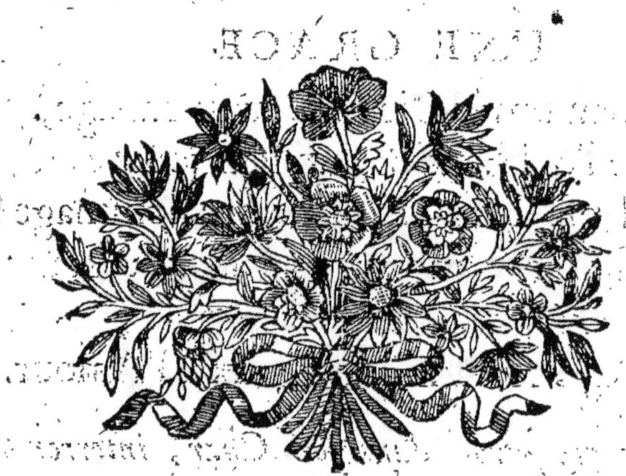

SCENE VI.

IRENE *seule.*

Amour, as-tu changé tes Loix ?
Tu me défens d'être fidelle ;
Ah ! je croyois qu'un cœur engagé par ton choix,
Devoit brûler d'une ardeur éternelle !

Tu veux qu'au fils d'un Dieu j'immole mon ardeur ;
Des soins constans, de tendres larmes
Méritoient seuls autrefois ta faveur ;
Est-ce aujourd'hui par la grandeur
Que tu gardes tes plus doux charmes ?

Amour, as-tu changé tes Loix ?
Tu me défends d'être fidelle ;
Ah ! je croyois qu'un cœur engagé par ton choix
Devoit brûler d'une ardeur éternelle !

Fin du second Acte.

ACTE TROISIÉME.

Le Theatre repreſente des Rochers arides que des Torrens baignent de leurs ondes écumantes, la Mer paroît dans l'enfoncement à travers de l'ouverture d'une montagne.

SCENE PREMIERE.

EURILAS ſeul.

Vous qui précipitez vos flots dans ces retraites,
Fiers Torrens, ſuſpendez votre murmure affreux.

Laiſſez-moi m'occuper de mes ardeurs ſecretes,
Hélas! ce ſont encor mes ſeuls momens heureux.

Vous qui précipitez vos flots dans ces retraites,
Fiers Torrens, ſuſpendez votre murmure affreux.

C'eſt trop de mon ardeur cacher la violence.
Allons chercher Orphiſe, allons . . . mais je la vois.
Ah! qu'il m'eſt doux de rompre le ſilence
Dans un moment où l'eſperance
Applaudit à mes vœux pour la premiere fois!

SCENE II.

EURILAS, ORPHISE.

EURILAS.

PRincesse, quel sujet dans ces lieux vous amene ?

ORPHISE.

Arion vous est cher, il vous quitte aujourd'hui;
Prince, si l'amitié ne vous parle pour lui,
Il va perir….

EURILAS.

O Dieux!

ORPHISE.

        Oüi, sa mort est certaine,
J'ai lû dans ses regards qu'il couroit au trépas :
Au sort qui le poursuit ne l'abandonnez pas;

Eole à votre gré fait sortir d'esclavage
        Les Aquilons & les Zéphirs,
Ramenez Arion , ramenez les plaisirs
        Qui le suivoient sur ce rivage.

EURILAS.

O Ciel ! quel desespoir affreux
Peut bannir Arion de ces climats heureux!

ORPHISE.

Interdit , accablé d'un tourment que j'ignore,
    Il fuit des lieux qu'il a charmez.

                    D iij

EURILAS.

Quel trouble vous saisit?...ah! que vous m'allarmez.
Vous ne sçavez que trop l'ennemi qui le devore,
Le téméraire vous adore....
Vous vous repentez, je le voi,
D'avoir méprisé son hommage.
Vous voulez que les vents prompts à suivre ma loi
Le servent quand il vous outrage;
Orphise, hélas! qu'exigez-vous de moi?

ORPHISE.

Non, si je lui dois ma colere,
Non, ce n'est pas pour l'avoir sçu charmer.

EURILAS.

En vous défendant de lui plaire,
Vous vous accusez de l'aimer.

ORPHISE.

Ah! d'une injuste erreur songez à vous défendre,
Rendez-nous Arion, prenez soin de ses jours,
Quand vous pouvez lui prêter du secours,
Vous l'immolez lui-même en le faisant attendre.

EURILAS *à part.*

Quel supplice! cachons mes funestes transports,
à Orphise.
Je connois vos desirs, laissez-moi sur ces bords.

SCENE III.

EURILAS seul.

Dans quel moment, helas ! l'ingrate vient m'ap-
    prendre
    Qu'elle a formé d'indignes nœuds.
Mes regards, mes soupirs lui déclaroient des vœux
Que ma bouche bien-tôt alloit lui faire entendre.
C'est Arion qu'elle aime, ô tourment rigoureux !
    L'Amour jaloux permet d'être barbare,
    Tu periras Rival heureux.
Non, ce n'est pas assez que la Mer nous separe,
Je te craindrai peut-être au séjour ténébreux.
O toi qui m'as cent fois confié ta puissance !
Seconde ma fureur, Eole entens ma voix,
    Que les vents soumis à tes loix
Remplissent à l'envi les soins de ma vangeance.

Une subite horreur se répand dans les airs,
J'entends mugir les vents, la nuit étend ses ombres.

CHŒUR *des Vents souterrains.*

Ne tardons pas, rompons nos fers,
    Sortons de nos cavernes sombres

EURILAS.

Viens vanger mon amour, viens servir mon courroux,
Redoutable Amant d'Orithie;

Tu connois les transports d'un cœur tendre & jaloux
Vole, quitte les bords de la froide Scitie.

Viens vanger mon amour, viens servir mon courroux,
Redoutable Amant d'Orithie.

Borée descend sur des nuages.

BORE'E.

Sortez de vos antres profonds,
Hâtez-vous de briser vos chaînes,
Accourez, suivez-moi terribles Aquilons,
Ravagez les vallons,
Les forêts & les plaines:
Usurpez l'empire des Mers;
Qu'à ce desordre affreux le Ténare applaudisse,
Que tout tremble, que tout fremisse,
Ebranlez l'Univers.

Vangez-vous de votre esclavage,
Usez bien des momens de votre liberté,
Surpassez s'il se peut la rage
De l'Amour irrité.

Les Aquilons accourent de toutes parts & forment des tourbillons.

BORE'E

BORE'E ET EURILAS.

Excitez un funeste orage,
Volez, troublez les vents & la terre & les cieux,
Allez, allez, jettez sur ce rivage
Son { Rival mourant à { ses } yeux.
Mon {   { mes }

CHOEUR *des Aquilons*,

Excitons un funeste orage,
Volons, troublons les flots, & la terre & les cieux,
Allons, allons, jettons sur ce Rivage
Son Rival mourant à ses yeux.

Borée & les Vents s'envolent avec un bruit
terrible.

E

SCENE IV.

EURILAS, ORPHISE.

ORPHISE.

Quels éclairs menaçans! quel horrible tonnerre!
O Ciel! contre Arion, tous les vents conjurez
　　Vont-ils lui déclarer la guerre?
Est-ce là le secours que vous lui préparez?

EURILAS.

Il n'est plus tems de feindre; ah! connoissez Princesse,
　　Ma jalousie & ma tendresse.
Dieux! est-ce à mon Rival que votre cœur est dû?

ORPHISE.

Quoi vous m'aimez! ô Ciel! Arion est perdu!

Elle s'appuye contre un Rocher.

EURILAS.

　　Aprenez l'excés de mes peines,
Quoi vous me refusez jusqu'au moindre soupir?
Songez-vous qu'en ce jour je perds avec plaisir
Un Trône qui devoit m'arracher à vos chaînes?
Hélas! feignez du moins de plaindre mon tourment,
　　Daignez tromper mon cœur fidelle,
Vous craignez qu'il ne soit heureux un seul moment.

Eh bien ! Princeſſe trop cruelle
Flattez donc mon amour pour ſervir votre Amant.

Je pourois encor vous le rendre,
Contre un péril preſſant ménagez-lui mes ſoins.

ORPHISE.

Hélas ! il va périr, s'il faut pour le défendre,
Feindre un inſtant de l'aimer moins.

EURILAS ET ORPHISE.

Terminez mes vives allarmes,
Quoi faut-il pour vous attendrir,
Que mon ſang coule avec mes larmes,
Me condamnez-vous à mourir ?

ORPHISE.

Mais cruel en vain je t'implore,
Tu ne m'écoute pas ;
C'eſt par le ſecours du trépas
Que tu veux me rejoindre à l'objet que j'adore.

EURILAS.

En vain par ces diſcours vous m'oſez outrager,
Rien n'éteindra jamais le feu qui me devore.

ORPHISE.

Puiſſe-t-il augmenter encore,
Et commencer à me vanger ?

EURILAS.

Arrêtez un moment ; inflexible Princesse ,
Que vous sert de me fuir , je vous suivrai sans cesse.

ORPHISE.

Barbare , suis moi donc jusqu'au sombre séjour ;
Tu m'y verras apprendre à l'objet qui m'engage
L'excés de mon amour ,
Et j'y verrai punir ta rage.

EURILAS *seul.*

Ciel ! qu'ai-je fait ? allons , je ne dois plus songer
Qu'à la fléchir , ou à la vanger.

Fin du troisiéme Acte.

ACTE QUATRIÉME.

Le Theâtre repreſente les Jardins du Palais de la Princeſſe,
terminez par la Mer.

SCENE PREMIERE.

IRENE *ſeule.*

Alheureux Arion, qu'êtes-vous devenu ?…
Aglante ſur ces bords l'a-t-elle retenu ?…
Peut-être il eſt parti…. peut-être de l'orage
Il a reſſenti la fureur….
Ciel ! ô Ciel ! quelle affreuſe image
A mes yeux inquiets préſente ma terreur !

Perfides flots, vôtre calme infidelle
Ne raſſure pas mon amour.

Que vôtre inconſtance cruelle
Trouble ſouvent le plus beau jour.

Perfides flots, vôtre calme infidelle
Ne raſſure pas mon amour.

Evitons Eurilas.

SCENE II.

IRENE, EURILAS.

EURILAS.

Vous fuyez ma préfence !
Si mon cœur vous fait une offenfe,
	Le perfide Arion, hélas !
N'a que trop vangé vos appas.

IRENE.

Arion eft perfide ! . . . ô Ciel ! quel eft fon crime ?

EURILAS.

L'ingrat !

IRENE.

Quelle fureur contre lui vous anime !

EURILAS.

Orphife aime Arion ! . . . Dieux ! quels tendres défirs
La cruelle à mes yeux vient de laiffer paroître !
	Elle m'a fait entendre des foupirs
	Que dans fon cœur un autre faifoit naître.
	Tandis que mon trouble fatal,
Mes reproches, mes pleurs, auroient dû la confondre,
	L'ingrate, loin de me répondre
Répetoit mille fois le nom de mon Rival.

IRENE.

Orphise aime Arion !… mais en est-elle aimée ?

EURILAS.

Son crime est assez grand de l'avoir enflâmée.

IRENE à part.

Quel trouble me surprend ! cachons lui ma douleur.

EURILAS.

Eole a vangé mon ardeur.

J'ai vû ce Dieu puissant à ma haine propice,
Armer en ma faveur & les flots & les Cieux.
J'ai vû tous les Vents furieux
Me faire d'un perfide un juste sacrifice,
La Mer digne tombeau des cœurs audacieux,
Dans ses gouffres profonds acheve son supplice.

IRENE.

O Ciel ! qu'avez vous fait ! quelle injuste fureur ?…
Quoi Neptune a permis ?… ah ! je fremis d'horreur

à part

EURILAS.

Je viens chercher encor sur ce triste rivage
L'ingrate beauté qui m'outrage,
Errante sur ces bords, son desespoir fatal
Aux flots qui m'ont vangé demande mon Rival.

Il sort.

IRENE.

Je me meurs… le cruel ne sçait pas tous ses crimes,
Et combien sa fureur s'immole de victimes ?

SCENE III.

IRENE, AGLANTE.

AGLANTE.

JE vous cherchois, Princesse…

IRENE.

O mortelle douleur!
Aglante, je succombe à mon affreux malheur.

AGLANTE.

Du départ d'Arion vous êtes informée…

IRENE.

Que n'en suis-je encor allarmée?
Quoi je perds Arion!… je ne le verrai plus…
Il meurt en fuyant… je l'ai banni moi-même.
O mort! termine aussi mes regrets superflus.
Objet infortuné de ma tendresse extrême,
Vous ignorez mes feux, & vous perdez le jour.
Puis-je trop-tôt descendre au ténebreux séjour?
Vous y sçaurez que je vous aime.

AGLANTE.

Dieux! quel projet osez-vous concevoir?
Souvenez-vous du sort que l'Amour vous prépare.

IRENE.

IRENE.

Non, je ne fuivrai pas fon Oracle barbare...
Ne crois pas arrêter mon jufte defefpoir.
Que de coups à la fois!... quel fupplice effroyable!...

AGLANTE.

Oubliez Arion...

IRENE.

N'attens pas cet effort...
Eurilas eft jaloux!.. Dieux! quel foupçon m'accable!
Peut-être qu'Arion... mais, helas! il eft mort:
Un ingrat en mourant ceffe d'être coupable.

On vient, c'eft ma Rivale. Ah! fuyons de cés lieux,
Et dérobons du moins mon defordre à fes yeux.

SCENE IV.

ORPHISE *seule.*

Cessons de balancer ; oüi, c'est trop de ma rage
          Suspendre les transports . . .
Quoi ; n'ai-je que des pleurs pour arroser ces bords,
          Quand j'y perds l'objet qui m'engage ?
Non , non, barbares Dieux, que je n'ai pû toucher,
Non , mon dernier soupir doit seul vous reprocher
          Votre injustice extrême.
C'est au fonds de ces flots qui m'ôtent ce que j'aime,
          Que je dois le chercher.

Allons . . . . mais que viens-je d'entendre ?
          Quel Dieu s'approche de ces bords ? *
          Quels sons charmans ! quels doux accords !
C'est Arion, ô Ciel ! devois-je m'y méprendre ?

** Arion paroît dans une Conque marine , trainée par des*
Dauphins ; il est environné par les Divinitez
de la Mer.

SCENE V.
ARION, SYRENES, TRITONS, NEREIDES.

Orphise charmée du retour d'Arion, se retire derriere un
Rocher, pour joüir en secret d'un spectacle si doux.

UNE SYRENE.

TRiomphez Arion, votre gloire est extrême,
Tout cede à vos accords touchans ;
Les Syrenes même
Ecoutent vos chants.

Contre Venus & vous on ne peut se défendre,
Le doux plaisir de vous entendre
Egale celui de la voir,
Votre voix & ses yeux ont le même pouvoir.

Triomphez Arion, votre gloire est extrême,
Tout cede à vos accords touchans.

CHŒUR *des Syrenes.*

Les Syrenes même
Ecoutent vos chants.

F ij

CHOEUR *des Divinitez de la Mer.*

Lorque Venus vint embellir le monde,
A-t-on vû plus de Dieux fortir du fein des flots?
Revenez fur ces bords; goutez-y le repos
Que vous faites regner fur l'onde.

LA SYRENE.

Vous qui venez d'éviter le trépas
Que vous préparoit la tempête;
Defcendez fur ces bords, volez, ne tardez pas,
Partagez les plaifirs d'une fi belle fête.

Les Matelots defcendent d'un Vaiffeau au fon des Hautbois, & viennent fe mêler aux Divinitez de la Mer.

LA SYRENE *à Arion.*

Quelle agréable violence
Exercent vos divins concerts!
Lorfque vous rompez le filence,
Vous l'impofez à l'Univers.

Vous fufpendez le cours de l'Onde fugitive,
Vous fixez les jeunes Zephirs,
A vos tendres accens Philomele attentive,
Pour la premiere fois interrompt fes foupirs.

Quelle agreable violence
Exercent vos divins concerts!

Lorsque vous rompez le silence,
Vous l'imposez à l'Univers.

ARION *descend de son*
char marin.

Quelles graces dois-je vous rendre?
Mes jours loin d'être précieux...

LA SYRENE.

C'étoit un soin digne des Dieux,
Que de songer à les défendre.

SCENE VI.

ARION ov ORPHISE.

ORPHISE.

ARion, tous les Dieux prennent soin de vos
jours.

ARION.

Je n'ai pas imploré leur funeste secours.

ORPHISE.

Vous triomphez du courroux implacable
De l'Onde & des Vents furieux.

ARION

Le sort, hélas! me garde dans ces lieux
Un supplice plus redoutable.

ORPHISE.

Quel desespoir affreux calme votre retour....
Vous causez bien des maux que votre cœur ignore...
Quel péril! quel bonheur fait naître un même jour!...
Non, je n'esperois pas de vous revoir encore.

ARION.

Vous ne connoissez pas mes plus cruels malheurs,
Et quelle est du Destin la volonté severe...
Je dois fuir pour jamais cette rive trop chere...

ORPHISE.

Arion, je sçai trop vos secrettes douleurs.

Je sçai le feu, qui vous devore,
Vous voudriez en vain me le diſſimuler ;
Jamais un tendre cœur n'ignore
Tout ce qui le doit accabler.

ARION.

Ah ! ne pénétrez pas mes cruelles allarmes.

ORPHISE.

Dis plûtôt que tu crains d'être inſtruit de mon ſort.
Ciel ! devrois-je parler lorſque tu vois mes larmes ?
Que dis-je ? ô Ciel ! mais non, j'avoüerai ce tranſport,
S'il a pour toi des charmes.

Apprens donc la rigueur de mon deſtin fatal ;
Ingrat, vois ma tendreſſe extrême,
Dois-je te cacher que je t'aime
Quand je l'ai dit à ton Rival ?

Tu ne me répons pas … m'a préſence te gêne.

ARION.

Du reſpect ſeulement je dois ſuivre la loi.

ORPHISE.

Tu ne t'en ſouviens qu'avec moi,
Tu l'oublirois auprés d'Irene.

ARION.

Princeſſe, qu'oſez-vous penſer !
Quel injuſte ſoupçon ! … mais dois-je m'en défendre ?
Irene …

ORPHISE.

Par ce nom cesse de m'offenser.
Moins tu veux t'expliquer, plus tu te fais entendre.

Va ne te contrains plus,
Je lis dans tes regards le desir qui te presse.
Va, cours chercher l'objet de ta tendresse,
N'attens pas de mon cœur des regrets superflus,
Je ne rougirai pas long-tems de ma foiblesse.

Tu veux donc mon trépas?
Cruel, tu ne sçais pas
Que j'allois dans ces flots dont le Ciel te délivre,
Me précipiter & te suivre.

ARION.

Que dites-vous, Princesse? hélas! que n'ai-je un cœur
Digne de votre ardeur!

ORPHISE.

Ah! ta vaine pitié m'outrage,
Il est tems de remplir mon sort,
Il me faut ton cœur ou la mort …
Barbare, ta froideur m'annonce mon partage.

SCENE VII.

SCENE VII.

ARION *seul.*

IMpitoyables immortels,
Vous ne trouviez donc pas mes maux assez cruels ?
Mais cherchons l'objet qui m'engage,
Suivons la volonté des Dieux …
Me ramener sur ce rivage,
C'est m'ordonner de mourir à ses yeux.

Fin du quatriéme Acte.

ACTE CINQUIÉME.

Le Theatre represente le Palais des Rois de Corinthe.

SCENE PREMIERE.

PERIANDRE, IRENE, GARDES de Periandre.

PERIANDRE.

Ô Malheur? ô spectacle horrible !
Ciel ! qu'ai-je vû, ma fille? un desespoir terrible
Vient d'arracher Orphise à la clarté du jour.

Cette sanglante mort est ton cruel ouvrage,
Impitoyable Amour !
Des biens que tu promets est-elle le présage?

IRENE.

Orphise meurt, hélas !

PERIANDRE.

Orphise meurt & je perds Eurilas ;

Il suit dans le tombeau le cher objet qu'il aime,
Tous mes efforts n'ont pû l'arracher au trépas.
Vangez-nous , m'a-t-il dit , & vangez-vous vous-
            même ;
Arion peut encor vous être plus fatal,
Immolez promptement mon perfide Rival,
Votre gloire le veut . . . A ces mots il expire,
Et laisse dans mon ame une juste terreur . . .
Chargé de mes bienfaits , Dieux ! ô Dieux ! quelle
            horreur !
            Arion contre moi conspire !

IRENE *à part.*

Quoi Seigneur, vous croyez . . . mais, Ciel ! qu'allois-
            je dire ?

PERIANDRE.

Je vais trouver Protée , il protege ces bords,
De ton sort & du mien il daignera m'instruire.

IRENE.

Non , non , ne tentez pas d'inutiles efforts.

PERIANDRE.

Dans ce jour malheureux , lui seul peut me conduire.
                              à ses Gardes.

Vous cherchez Arion ; servez bien mon courroux,
Hâtez-vous de livrer à ma juste vangeance
            Un ingrat qui m'offense ;
Allez, obéissez ; s'il échappe à mes coups,
            Songez qu'ils tomberont sur vous.

SCENE II.

IRENE seule.

OU courez-vous cruels?.... Ciels! où vais-je moi-
même?....
Mais quoi, je souffrirai cette injustice extrême!
Non, ne laissons pas achever
Le coup fatal que craint mon ame;
On court verser le sang de l'objet de ma flâme,
Est-il tems d'en rougir quand je dois le sauver?

Justes Dieux! je le voi, contraignons-nous encore,
Il ne poura me fuir s'il sçait que je l'adore?

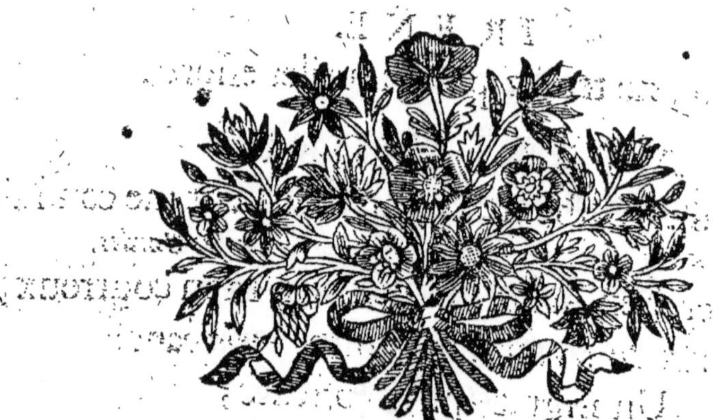

SCENE III.

IRENE, ARION.

ARION.

PRincesse, j'ose encor me montrer à vos yeux,
De ce crime nouveau n'accusez que les Dieux.

J'esperois que ce jour finiroit mes allarmes,
Quand d'un orage affreux j'éprouvois les horreurs ;
L'aimable nom d'Irene a calmé ses fureurs,
En attendant la mort je celebrois vos charmes.

IRENE.

Sur ces bords dangereux, pourquoi revenez-vous ?

ARION.

Je viens me livrer à vos coups,
Le Ciel vous rend une victime
Qui merite toujours votre juste courroux.
Le criminel qui tombe à vos genoux,
Loin de s'en repentir s'applaudit de son crime.

IRENE

Ah ! fuyez le péril qui menace vos jours,
Fuyez, vous n'avez plus que ce foible secours.

ARION.

Moi fuir! non, non, je dois remplir votre vangeance.

IRENE.

Calmez ce deſeſpoir, c'eſt lui ſeul qui m'offenſe.
Allez, pour éviter le coup qui vous attend,
Il ne vous reſte plus peut-être qu'un inſtant.

ARION.

De mes jours menacez, quel ſoin daignez-vous pren-
dre!
Hélas! n'eſt-ce qu'à mes malheurs
Que vous donnez ces pleurs,
Que je vous voi répandre?
Ah! ſi vous me plaignez...

IRENE.

Je ne puis reſiſter
Aux coups dont je reſſens l'atteinte;
Partez, entendez ma crainte
Et ceſſez de l'augmenter.

ARION.

Puis-je croire?...

IRENE.

Croyez la douleur qui me trouble,
Partez, enfin fuyez...

ARION.

O trop ſevere loi!

IRENE.

Songez que chaque inſtant redouble
Votre peril & mon effroi.

SCENE IV.

IRENE, ARION, AGLANTE.

IRENE.

AGlante, ô Ciel ! que venez-vous m'apprendre?

AGLANTE.

Le Peuple suit le Roy, qui vient ici se rendre ;
On dit qu'il sçait enfin la volonté des Dieux…

IRENE.

à Aglante.   *à Arion.*
Laissez-moi.   Qu'attens-tu barbare, dans ces lieux ?
Je vais mourir ingrat, je serai ta victime,
Tu le veux…

ARION.

Non, vivez, n'augmentez pas mon crime,
Pardonnez-moi Princesse, & daignez approuver…

IRENE.

Je te pardonne tout si tu peux te sauver.
Mais Ciel ! il n'est plus tems, ce dernier coup m'ac-
      cable,
Il va perir; je meurs.

S C E N E V.

PERIANDRE, IRENE, ARION, AGLANTE.

A R I O N au Roi.

Votre haîne équitable
A prononcé ma mort, attendez-la de moi.

* C'est ainsi que se doit excuser un coupable
Digne du courroux de son Roi.

* *Il veut se frapper, & le Roi l'arrête.*

P E R I A N D R E.

Arrêtez Arion ; vous, calmez votre effroi
Ma fille, essuyez vos larmes,
Le Ciel finit nos allarmes,
La gloire, le devoir, tout approuve vos feux,
Et le fils de Neptune est digne de vos vœux.

A R I O N.

M'oserois-je flatter...

P E R I A N D R E.

Le Dieu des Eaux lui-même
Entouré d'une auguste Cour
A daigné m'éclaircir l'Oracle de l'Amour,

                                        I R E N E.

IRENE.

Qu'entens-je? quel bonheur extrême?

PERIANDRE.

Le Souverain des Mers vous a donné le jour,
Vous croyez devoir la naissance
A celui qui prit foin d'élever votre enfance.

Neptune le déclare, & veut bien aujourd'hui
Qu'en m'unissant à vous, j'ose m'unir à lui.

ARION.

Fils de Neptune, époux d'Irene,
Quel moment! quel bonheur! vient terminer ma
peine!

SCENE DERNIERE.

Les mêmes ACTEURS *& les* CORINTHIENS.

PERIANDRE.

Vous que le Ciel soumet à mon Empire,
Venez, partagez tous le transport qui m'inspire,
Le Dieu qui regne sur les flots,
A toujours protegé nos tranquilles rivages.
Il s'unit à vos Rois, il nous rend le repos,
Peut-il de ses faveurs nous donner d'autres gages?

CHOEUR.

Hymen, rends leur flâme immortelle,
Et jamais sans les Ris ne parois à leurs yeux,
Viens regner dans ces lieux,
Ne quitte plus l'Amour qui te rappelle.

Fin du dernier Acte.

APPROBATION.

J'AY lû par ordre de Monseigneur le Chancelier, ARION, *Tragedie en Musique*; & j'ai cru que le Public la recevroit avec plaisir. Fait à Paris ce 3. Avril 1714.

DANCHET.